아무는 밤

아무는 밤

김안 시집

민음의 시

259

민음사

누추하고, 어리석은 집을 다시 짓는다.
이 집의 세목들을 여기저기 시랍시고 싶다 보니,
조금은 늙었고, 그렇게 늙어 갈 것이다.
그건 좋은 일도, 나쁜 일도 아니다.

*

질문과 그것의 아름다움, 삶의 기쁨과 때론 그와 반대의 것들을
하나씩 깨치고 있는 딸과,
나와 함께 늙어 가는 지혜로운 아내의 머리 위로
지붕 하나 없고 살아간다는 것이
얼마나 영롱한 생활인지.

*

그리고 이 영롱한 것들에게 닥쳤던 참사를 생각한다.
그런 것들을 생각하며 쓰고 싶었고,
그것은 결국 생활과 운동이 아닌 생각과 변명에 그치고 말았으나,
그 한계를 솔직하게 고백하는 것 또한
시인의 일이라면 일이다.

*

쓰기에 대한
믿음으로 한계를 짚어 가며
끈질기고 고집스럽게 나아가자고
다짐한다.

2019년 8월
김안

차 례

3부

1부

파산된 노래

나의 입에는 어떤 자격이 있습니까,
이 손에는,
이 눈에는.
바닥없는 이상(理想)들처럼,
생활 없는 선동들처럼
말할 수 없는 미래만 가득한 시절. 그리하여
말이 말하는 것들과 말이 숨기는 것들과 말로 흩어지는
마음들,
그리고
말해지지 못하는 과거들을 향해 눈감으면서,
모두가 바닥에 등 비비며 태어나 바닥에서 죽듯 죽어
흩어지듯
대기 속 소실점을 향해 손을 뻗고 선
소실점을 향한 허상들을 희망이라고 여긴 채로——
항진,
희망의 항진을 할 뿐. 희망,
희망이라니요.
1983년 월북한 윤노빈의 『신생철학』 속 김지하와 지금의
김지하가,

그 한 입에서 나온 말들이,
말이란 미립자의 총합이, 숨 쉬는 육체란 물질이
결국 사상으로 피철갑한 마음의 독재에 불과하듯,
우연과 기적과 파문을
철학과 문학을
속물과 욕망으로 만드는 삶-생활 속에서 희망이라니요.
여전히 이 따뜻하고 푸른 지구의 한쪽에선
가난한 아이들이 굶어 죽어 제물 되고,
맹목의 연인들이 반복적으로 사랑과 죽음을 나누고.
맹목과 사랑과 죽음으로
가난이 영원히 반복되는 지구에서,
입 밖으로 나오지 못하는 기억들이
말을 향하여 불가능한 항진을 하듯 반복되는
지구에서
아직도 시인의 고통을 믿는 어리석은 사람들 사이에서
환멸과 절망마저 돈을 요구하는 지구에서
희망이라니요, 시인이라니요, 자살이라니요,
나와 나의 입에서 말로 나와
흩어져

제각기의 영토에서 졸렬해지는,
서로의 고통을 파먹어야 하는,
피와 밥도 흐르지 않는,
이 자격 없는 희망.
더 이상 무엇도 노래할 수 없는──

미타찰

    왜 여름이 끝나 버렸을까. 우리는 철없는 천사들처럼 늙으면서 점점 추해지지. 인간의 얼굴을 한 것은 사람만이 아니라고, 할머니가 어린 시절의 내게 말해 줬을 때, 그건 내게 너무 빨리 말해진 것 같다고 생각했지만, 그때부터 들려온 오래전에 죽은 아이들이 뛰노는 소리. 그 사람이었던 소리, 사람됨의 소리. 자고 일어나니 여름은 끝나 있고, 어떤 아이가 내 무릎 위에 앉아 있었는데, 그 아이의 회모(回毛)가 신의 색깔만 같아 한참을 들여다볼 수밖에 없어서 나는 아무것도 할 수 없고, 아무것도 아니고. 천사도 필요 없고 얼굴과 손도 필요 없는 가을 아침, 물에 비친 내 얼굴이 기억과는 달라서—

파산된 노래

우리를 만든 것은
불행과 슬픔이고
빛과 소음을 떠나 무능한 밤이고
무능하여 속죄가 불가능했던 밤이고
때문에 집은 달아나고 심장만 너덜너덜 자라나는 밤이고
그러기에 이 밤은
우리가 아물기도 전에
빛으로 소음으로 끝날 테지만
우리가 불행과 슬픔으로 만들어 낸 피로처럼
가까워질수록 증오하게 되던 애인들처럼
우리에게 숨어들어 밤새 속삭이던
투명한 영혼들도 불가해한
이유로 다 팔려 나가고
어떻게든 아물기 위해
차갑고 희뿌연 유리창에 갇힌 채 비루한 겁을 베끼는 밤
이지만
어떻게든 아물려는 불가능한 밤이지만
아무는 밤이지만

그것은 결국 어떻게든 간에 존재하려는 기술
빛과 소음으로 되돌아가려는 기술
고요한 전체주의
평범의 제국주의
우리는 패배하면서도 걷는 사람들이었을까
서로가 갇혀 있는 유리창 앞에 서서
우리가 기뻐했던 것은 결국
우리의 죄
전이되는, 침묵과 무위란 악
우리의 기록엔 물음이 없어서 응답도 없고
서로가 원하던 기억도 없고
읽을 책도 할 수 있는 말도 없는 밤
모두가 결백할 뿐이구나
창문 아래
잠든 가족의 머리맡에 웅크려
비굴한 괴물이 되어 가는 실증으로 아무는 밤
겁에 질린 무능한 밤을
살아 낼 말들이 내게 있을까
우리가 만든 개새끼들과

우리가 지나온 야만과 행복을 담아낼

파산된 노래가

방생되는 저녁

마음에 생활이 넘쳐흐를 때면, 딸은
더 많은 말을 배운다.
말이 넘쳐 말이 넘쳐
나란히 베란다에 앉아 있으면 해가 지고
내 문장은 점점 눈 어두워져
헤매고 전위 따위야 혁명 따위야
말만큼 생활이 넘쳐도
생활이 내 아랫입술 밑에서 짜고 차갑게 찰랑거려도
이 물로는 내 죄가 씻기지 않는구나
마음의 올가미를 던져
억지로 끌어모은 이 상앗빛 면발로
저녁이 달그락달그락 흐르고
귀가 남아 있으니 듣고 마음이 남아 있으니 손잡은 채
딸의 말들로 짠 그림자로
이 조잘거리는 저녁 속으로 가정이 안온히 가라앉을 때
나는 여전히 그곳으로 가고 있다고 생각했는데
눈먼 내 문장들은 제 집도 없이 천지 사방
헤매고 속죄 따위야, 치욕 따위야
그저 내 말들을 방생시킬 뿐

가정의 행복

　잠든 아내와 딸을 바라본다. 이전에는 생각할 수 없었던 것들이 떠오르는, 두려움을 바라본다. 낡은 책을 펼쳐 놓고 피정과 방관을 구분하기 위하여 애쓴다. 모든 당대는 그 구분 따위를 무의미하게 만든다. 시선 속으로 들어오는, 우리의 이름을 부르는 모든 비극과 비참의 각도는, 좁은 방 안에서 잠든 아내의 굽은 등보다 예리하다. 하지만 이 극적인 굽은 등보다도 굽은 등의 흐느낌보다도 침묵은 쉽다. 평화와 증오로 가득한 현실과 생활의 두께. 손에 밴 낡은 책의 냄새. 펼치는 책장 속마다 기어 나오는 회색 벌레들. 응답 없이 의미는 만들어지지 않는다. 하지만 비참을 피해 비굴하게 넘쳐흐르는 말들, 그 잔해들, 잉여의 몸들아, 기어이 죽어서도 몸을 벗지 못하는 것들아, 이 모든 것이 민주적이었다는 비극에도 불구하고 우리의 희망은 여전히 고전적일 뿐. 우리는 일상의 바깥에서 밀어들로만 응답할 뿐. 밤이 두터워지면 방은 더욱 좁아질 테고, 우리는 영영 한 몸이 될 수 없고.

우리들의 서정

　세상의 모든 집들마다
　감람나무가 심겨 있으니 우리에겐 진리가 불필요할지도
　비유를 버리고 선언을 버리고 신념과 엄살
　마저 버리고 예언하듯
　당신은 자정 넘은 시각 구로역 지붕 아래에 서서
　애인을 버리다가 부둥켜안다가
　눈발을 맞다가 진창이 되다가 부끄러움이 되다가 비밀이
되다가 돌아오지
　않다가 그러니 우리에겐 공동체가 불필요할지도
　사소한 우리에겐,
　영원히 난해할 것처럼 사사로운 우리에겐 드잡이할
　당신만이 필요할지도
　인간이란 단어와 사람이란 단어의 간극처럼
　눈발이 진창이 되어 딸아이의 새 신발을 더럽히는 것처럼
　전향과 변절처럼
　옛 애인이 가고 싶어 했던 파타고니아와 눈 퍼붓는 낡은
구로역처럼
　우리가 악과 사랑으로 나뒹굴던 날들이
　젖과 꿀이 되어 감람나무에 스미더라도 우린 그저

삶과 삶으로 이어진

사사로운 오역의 터널에 불과할지도

진리와 사랑이라 믿어 왔던

멜랑콜리한 오역과 비문에 혹란하며 우리는 우리란

진창이 될지도

나무 위에는 죽어 버린 악기들의 무덤처럼 둥글게 눈이
쌓이고

또 다시 해가 뜨면 젖은 발 꽝꽝 얼어 땅에 박히고

사소한 것만이 영원한 관습이 되듯

창고에 적재되어 있다가 한데 불태워지는

단 한 번도 울려 본 적 없던 악기들의 마음처럼

이토록 사사로운

마음의 잿가루만 폴폴 날리는

햇살의 노래

늦은 아침, 술 덜 깬 옛 애인은 늘 슬픔으로
몸이 둥글어지곤 했는데, 햇살은 그 둥긂 위에서
깨지곤 했는데, 여전히 말하지 못하는
사람들은 이 아침, 말의 형태를 어떻게 만들고 있을까.
말하지 못하는 비극과 말하지 않는 비겁 사이에서
그 많던 이데올로기의 우상들은 어디로 사라졌나.
그 이름들이 내 기억 속에서
옛 애인의 몸뚱이를 지우며 걸어갈 때,
그 둥글었던 등에 그어지는 비극과 비겁 사이,
그 날카로운 틈을, 그것을
정의라 부를 수 있다면,
정의는 무슨, 그저 사랑이었다고 부를 수 있다면,
다행한 아침. 안온한 망각의 빛살.
이상하게 아름답고 이상하게 추악한
이 늦은 아침 식탁에서
술 덜 깬 눈으로, 멸시와 극지 사이에서
달아오르는 눈으로 바라본 이 몸뚱이야,
헛된 소리만 내는 공장아,
의미 없는 소리라곤 하나도 없던 시절은 끝나고,

어느 사이에 나는 암사슴 같던 발도 없이
둥글어질 몸도 없이 우상도 없이,
그렇게 기다랗게 망각하며 망해 가고 있구나,
혀끝을 가르는 깨진 햇살의 노래를.

불가촉천민

　온몸으로 물을 껴안고 쓸쓸한 천국을 바라보고 있는 아
이들과
　물고기와
　몸이 없었으면 주어지지 않았을 고통과 숨과 검고 매운
물줄기와
　내 등 뒤에 숨어 국가를 바라보는 딸과
　문학적인 삶 뒤에 숨어 딸의 뒤통수를 바라보는 나와
　담배와 가족과
　국가가 될 권리와
　국민이어야 할 비루함이 나누는 전희의 폭력과
　비참한 꿈만큼 비천한 언어들하고만 싸우는
　쓰기와 무감의 나날들과
　온종일 내리는 빗줄기의 비린내와 눈 감으면
　나뭇가지 휘어져 깨져 버리는 유리창들과
　폭우와, 신과 용서와 함께
　밀려오는 눅눅한 방에 갇혀 있던 내 사춘기들 이젠 너희
의 사춘기들
　내가 써 내려가는 이 비루한 사랑의 파지(破紙)들
　신마저 용서할 수 없는 사람들

하나의 얼굴

얼굴이 놓여 있던 자리에는 얼어붙은 물결들,

영영

보이지 않고 만져지지 않는

피그말리온

사랑의 비탈진 윤리와 우연과
그 파문을 속물로 만드는 삶이었습니다.
나는 이제 여기로 돌아와 커튼을 걷고
침대 머리맡에 기대어
거적처럼 거친 하늘을 봅니다.
기억이 누렇게 맵게 돌아와
거울 속에 마음의 무늬를 새겨도,
깨지지 않는 알리바이. 저곳에서
당신보다 더한 귀신을 본 적이 있는 탓입니다,
마음이 아사(餓死)할 때까지 나를 뒤쫓던.
저 거울 속에서 걸어 나오는 당신을 보아도,
이제 나는 달려 마중 나가지도 커튼을 닫고
키우는 짐승처럼 얌전히 침대에 누워 있지도 못합니다.
몸은 무지하게 흐르고
마음에는 정치도 없이 증오도 없이
단지 살다가,
그리하여 당신과 내가 다시 한 번 같기를,
우연히 같은 지옥의 입속에서 살기를,
쏟아지는 우연한 지옥의 사태들을, 그 사랑을,

한없이 정밀하고 은밀한 사랑의 폭거를,
이제는 돌아오지 않을 말
아닌 소리들만의 시절을.
허나 그 시절의 주인은 이제 없습니다.
아무도 죄짓지 않았고
아무도 개종하지 않았는데
거울 속엔 아무것도 없습니다.

'왜 우리들은 싸우도록 지어졌습니까?'*

* 박동환, 『서양의 논리 동양의 마음』.

불가촉천민

나의 거짓들보다 추악함보다

채 놀이 안된 딸의 밭은기침을 견딜 수 없는 것은 내가
선하기 때문입니까.

수많은 깃발과 고함으로 가득한 광장에서 더듬더듬

내가 쓴 글을 읽는 것보다

누렇고 끈적거리는 가래를 뱉어 내는 것이 더 비통한 것
은 내가 이기적이기 때문입니까.

나의 추함과 거짓을 걸머쥐고선

벚꽃 피는 교정 벤치에 뻣뻣하게 앉은 채로

더러운 욕망아, 욕정아—

미친 세상아, 부끄러움아—

다그쳐도

배꼽에선 검은 물 줄줄 쏟아지고

나는 여전히 당신과 함께하고픈 지옥을 상상하고

거짓으로 고통하고.

훔친 책으로 공부하고 훔친 감정으로 슬퍼하고 훔친 눈
동자로 욕망하면

나는 기억이 만드는 미래로부터 자유로울 수 있을까요.

차라리 이 봄은

여전히 울고 있는 이들의 가면입니다.

나는 나의 얼굴을 볼 수 있습니까,

당신의 거울은 당신에게 정직합니까,

커다랗고 두터운 손을 내 머리에 얹고선

악마의 유혹으로부터 이 어린양을 구원해 달라고 기도
하던 목사의 뾰족한 턱처럼

서로 다른 구원을 꿈꾸는 이들처럼.

파산된 노래

우리는 고통을 상상하기 위하여 서로의 눈[目]을 파냈던 것이 아니라, 그저 눈감기 위해서였을까, 우리는, 우리라는 말[言]은. 그러니 우리 안의 괴물을 버린들 기록된 악행이 사라질까, 우리의 괴물들은, 우리라는 말의 괴물들은 기록을 딛고 또다시 쓰이며 되살아나고, 행복과 야만의 국경을 지우며 부단히 포복하고, 썩어 부서진 늑골 안에 눌어붙어 포자처럼 번지고, 우리의 말에는 눈이 없어, 귀도 없고 마음이 없고, 우리라는 말은 서정과 실험 속에서 서로의 바벨이 되어 몰락해 가고. 그럼에도 우리가 쓰는 이 말이 움직이는 유물이 되길 우리가 바라 마지않듯, 견고해지겠지. 견고하게 우리 바깥의 고통은 더 이상 상상되지 않는 스스로에게만 비극일 뿐인 그것. 그것이 윤리라면, *그것이 우리의 윤리라고* 누군가가 술에 취해 말했을 때, *그 불구의 윤리가 우리의 문학사*라고 말했을 때, 우리는 그저 어제의 말을 사랑하고, 오늘의 말에 힘썼을 뿐인데, 우리의 입속에서 낯설어지는 우리의 혀. 우리의 낯선 혀가 서로의 입속에서 아무런 수치심도 없이 달궈질 때, 우리의 말이 시작되는 곳은 어디여야만 할까, 그것은 사랑의 주술도 아니고, 존재의 실증도 아니고, 몰락하는 예고도 아니고. 말을 버려도 시가 될 수 있을까. 시가 되어야 할 이유는 또 무얼까. 우리의 입을 받아 들고 갈 뿐, 가서 침묵할 뿐. 침묵하며 끝끝내 목도할 눈을 찾을 뿐.

불가촉천민

구겨진 구두처럼 서투른 생활들로
아침이 오면 우리의 지붕은 붉게 녹슬어 있겠지

오늘 밤엔 물도 흐르지 않아
우리는 손을 잡고
서로의 구두 속에 고여 있던 물을 서로의 귓속에 부으며
아무런 소리도 들리지 않아
우리가 들었던 그 어떤 말도 기억나지 않을 때까지

아침이 오면 우리의 천장에 붉은 물 번지고
우리의 귀는 물로 가득 차고
우리 마주보며 입을 벌리면
물고기들은 신나서 물 밖으로 도망쳐 버리겠지

문틈과 창문 틈에 테이프를 바르고서
숨을 참으면 떠오르는 몸들인 양
우리는 물고기도 없이

우리의 감정들이 키우던 각진 돌멩이들을 가득 삼키고서

파산된 노래

우리는 정직하게 말해도 되겠지만,
종국엔 비겁하게 말을 고르겠지.
누군가는 시체를 숭배하며
시체뿐인 기억을 기념하고 기록하고
누군가는 기억 속에서
스스로를 지워 나가며 투쟁하듯,
누군가는 증언 앞에서 포악하게 침묵하고,
또 누군가는
겸손해지듯,
이 말의 노역들은 이처럼 쓸모없이
지독하게 비열한 모럴과 무한한 타락 사이에서
불행한 우연들로 집적된 필연들 사이에서
단 하나의
감정을 걸러 내기를,
단 하나의
가치를 뽑아내기를 바라마지 않겠지만,
그러니 누군가는
종국엔 일상이 된 악들만이 가치가 된다고 하겠지만,
말이 우리를 비껴 나가면서 어긋나면서 가닿는 가치가

민족중흥,

선진 대한민국,

조국의 미래 따위일 리는 없겠지만,

부끄러움은 자라나는데,

우리의 말은 아무런 괴로움 없는

스스로에게만 자명한 선들,

선의 역린.

그리하여 우리의 말이

종국엔 평범하고 고요한 무관심들이라면,

무관심의 전체주의라면,

이 노래는 어떻게 파산해야 할까,

어떻게 사라져야 할까,

기억이 사라지고

기억이 기록되지 않아 우리가 영영 사라질 때까지,

우리의 말이

우리로부터 끝끝내 항거할 때까지,

우리의 육체 속에 없던 말들과

아직 오지 않은 미래의 어휘들과

비참의 부력으로 떠서

우리 바깥에서 우리를 바라보고 있을

삶이 없는 생자(生者)들 속에서.

2부

秋崖飛瀑

있지도 않을 일들에 대한 변명을 고민하다 보니 나뭇잎마다 구멍 뚫리고 여름이 끝났다. 나는 여전히 변명과 아포리즘을 구분하지 못하고, 늙고 있고, 늙어 망해 가고, 생활로 인한 비겁과 생활로 인한 긍휼 사이에서 머뭇거리고 있는데, 머뭇머뭇, 점점 멍청해지고 있는데, 일주일 전, 딸아이가 꺾어 온 꽃은 시들지 않는다. 그렇게 이상하게도 비참은 멀지만 불행은 여전하다. 가을 모기를 죽이다가도 화장실 구석 거미줄을 치우다가도 너무 빨리 말해진 예언처럼 마음이 허깨비 같아, 몸이 미로 같아, 秋崖飛瀑, 秋崖飛瀑 눌러 써 보다가도 눌러 지우다가도.

디아스포라

어머니, 당신은 나의 말 바깥에 계십니다. 그곳의
생활은 어떻습니까? 이곳의 하루는 멀고 지옥은 언제나
불공평합니다. 어제까진 입을 벌리면 눈먼 벌레들
쏟아지더니 오늘은 모래뿐입니다. 나는 죽은 쥐의 가면을 쓴 채
부푼 살에 손을 넣고선 나의 오래된 방이 스스로 무너지기를 기다립니다.
어머니, 당신은 나의 모어(母語)로는 쓸 수 없는 것들입니다.
꽃밭에는 꽃이 피었습니다. 꽃은 여전토록 아름답습니다. 무시무시한 말입니다. 나는 쓸 수 없습니다. 저 꽃을 어떻게 죽여야 합니까?
그러나 당신은 이토록 아름다운 붉은 꽃들을 토하며 어디에서든 나타납니다.
어머니, 당신의 모국어는 너무나 낯설고, 매일이 사육제인 것처럼
나의 말 바깥에서 웅얼거리는 모국어의 서늘한 빛살이 간절하게
방 안으로 쏟아집니다. 하지만 이곳의 생활에도

나름의 규칙과 나름의 관계들이 있습니다. 매일 밤 나의 말을 받아 적고 있는

또 한 명의 어머니는, 또 누구입니까? 내 말의 본향은, 어디입니까? 나는 누구의 모어와

관계하고 있는 겁니까?

바벨

파도는 죽은 입술들의 합만큼 거대한데
점점 사라지고 있는 무게와 두께들
그러나
기억으로부터 눈을 돌리는 기술들
기술을 사랑하는 기술들
이곳에서 우리는 낮고 나을 수 없고
더 낮게
최대한으로 평화롭게 불안에 떨 수밖에 없을 뿐
그뿐일까, 그것뿐일까 우리는 증오는
사람들의 다리를 부러뜨렸고
플래카드에는 머리를 맞대어 새로 발명한
의심을 망각하는 기술이 적혀 있고
그와 상관없이 머리를 맞대고 모여 앉아
호프와 쏘맥과 음탕을 즐기는 사이
우리는 그저 기술과 기법과 아방가르드를 사랑했을 뿐
이었는데
폭삭, 우리는 귀신처럼 허옇게 눈발이 되어 쏟아져
아무도 믿지 않는 구원처럼
더 낮고

더 깊게 적재되어 간다
그것뿐일까, 우리가 말할 수 있는 현실은
우리는 어디로 실려 가고 있는지조차 모르니
지하철에서 쩌렁쩌렁,
목청만 남은 노인네처럼 쓰자
쓸 뿐 쓰다
죽을 뿐
영영 죽어 갈 뿐

아방가르드

우리는 서로의 동공을 갈아 끼우고, 서로의 혀를 빌리기라도 하나 보다.

그런다고 한들

그것은 현실도 아니고, 발자국조차 없이 사라진 어린 꽃잎들도 아니고 그나마

우리가 쓰는 것들은 우리만큼 천하지는 않으니

이 백지 위에서

우리는 중요하지 않고 우리는 최대한 빨리 우리를 끝낼 필요가 있다.

그러니 우리는 애초의 그곳에서 만날 것이다.

껴안을 것이다.

포개질 것이다.

그리고 완전히 지워질 것이다.

잘 된들 늙은 미치광이가 된 가슴들을 파내어 어린 꽃잎을 놓을 뿐.

그런다고 한들

수천 개의 눈을 가진 현실은

버려지고 지워진 기억들이 등신대로 서 있는 것을 감추고

간혹 애잔히 감상하겠지만,

우리의 구멍 난 가슴은 뻔한 결말의 감옥이 되겠지만,

처음부터 국가가 없던 이들처럼

영원히 창조 중인 불구의 육체처럼

나의 눈을 나뭇가지에게,

그 먼 끝에게,

나의 입을 뿌리에게

기억이 퇴적된 어둠에게,

마음의 절대적인 속도로 떨어진 이 시대의 꽃잎들에게—

우리라는 볼품없는 틈에게—

불가촉천민

우리와 상관없이,
늘 새로운 시대가 오고,
안녕하셨습니까, 이제 우리는 서로를 경멸하기 시작합니다.
우리라 불리는 이들과 상관없이,
우리의 죽음과 상관없이
애인의 배는 거룩한 재앙으로 부풀고,
배를 쓰다듬으며 애인은 웃고, 가늘고 기다란 불행의 팔을
쳐들고 휘두르며 옆집 사내는 온종일
지하철역 입구에 서서 찬송가를 부릅니다.
서로의 피가 아직 서로의 발을 적시지 않았으므로
피와 함께
그림자와 함께
새로운 시대는 신성해지고, 신성하게 기생하고,
그리고
그조차도 망각하겠죠.
그리고
사람들은 언제나 더 나은 태양 아래에 서 있습니다.
우리는 우리와는 상관없이
안녕히,

미움의 제국

너는 나를 미워하도록 예정되어 있는 사람이다.
언젠가 그 순간이 닥쳐올 것이고
그 순간을 위하여 지금 나는 더더욱 착해지려 노력한다.
나는 버림받은 개의 눈동자를 흉내 내며
슬퍼 보이려고 노력한다.
노력이 중요하다.
기억의 빛이 너를 미움에 눈멀게 할 것이다.

내가 미워했던 한 평론가를 생각해 본다.
예정되어 있었을까,
그는 사라졌고,
그의 글도 사라졌고,
그를 기억하는 이들도 사라졌고,
그를 미워하게 된 이유도 사라졌고, 이제
그는 옹색한 미움으로만 내 안에 남아
있다.
그렇게 있다는 것은 나의 노력이 모자란 것.
그는 사라지지 않았다.
사라지지 않아 절멸했다.

사라지지 않았다, 그는
어디선가 개처럼……

사람들이 울기 시작한다. 울다가, 여전히 울고 있는 사람들을 때린다. 같은 표정으로, 내내 우는 사람들도, 우는 사람들을 때리는 사람들도. 같은 표정으로 마주앉아 같은 얼굴로 변해 가면서 누군가는 때리고 누군가는 여전히 울고 그러다가 한 사람이 되어 가는 것. 비극과 얕고 단순한 선의와 선의의 폭력들과 결말들.

메시아는 언제 강림해야 할까
기도보다 빠르게.
말보다 빠르게.
비명보다 빠르게.
그러니 이미 늦었는지도.
몇 년 동안이나
네가 있는 배경 속에 내가 있을 수 있을까.
노력이 중요하다.
노력하지 않을 것이다.

너는 나를 미워하도록 예정되어 있는 사람이다.

우리가 키운 회양목보다 메시아는 커다랄 것이다.

메시아가 오기 전까지는

너와 나는 기도하지 않을 것이다.

울지 않을 것이다.

가정의 행복

조금 더 생활로

생활의 구속으로부터 벗어나 생활로 더 가까이

세상의 유행어를 쏟기 시작하는 딸의 입과

매일 꽉꽉 채워야 하는 냉장고로

냉장고의 차가운 윤리로

윤리의 뱃가죽으로

세속의 주술로부터 벗어나

세속의 비정한 규칙들로

규칙도 벗어나

내가 누리는 평화의 대가를 고통 없이 바라보도록 식탁
위에서

누렇게 말라붙어 종국엔 버려질 밥과,

밥에 붙어 각다귀처럼 기생하는

말과 입의 부당하게 정직한 세계로

생활로

생활의 걸기로

매일 밤 무럭무럭 키우는 추하고 평범한 꿈으로

그러면 더 나아질까

무엇이? 어떻게?

무엇이든— 어떻게든—

그래야만 하는 가정들 사이에서 가까스로 조용히 불을
끄고

등을 맞대고서 서로의 추하고 달콤한 꿈을 고백하며—

그럼에도 행복으로

가정의 행복으로

우리들의 방

비겁해진 만큼 오래 살아야 한다.
순교하려는 사람들,
태어나려는 사람들에게
국가는,
신은
나타나는 만큼만 존재한다지.
모든 악이 지옥으로 귀결되지 않듯,
겨울이 끝나도 창이 투명해지지 않는 조국이 어딘가에는,
어딘가에는 존재할 것이다.
애인의 귓바퀴 속으로 혁명의 부드러운 혀를 굴려 보지만,
죽은 새가 걸려 있는 겨울 하늘은 차갑고
투명하게 우리의 방으로 흘러들어 온다.
이 방은 좀처럼 뜨거워지지 않는다.
그럼에도 애인은 좀처럼 나를 떠나지 않는다.
불구의 나무들,
약탈과 기쁨의 노래들,
불임의 연애들,
당대는 오래 살아야 한다.
조국은 영원해야 한다.

모국어로밖에 사랑을 나누지 못하는 신세를 탓하자.

모국어에는 운율이 없고,

리듬이 없고,

혁명이 없다.

플래카드에만 존재하는 모국어.

그 아래에 악다구니는 후렴처럼 반복되고,

애인에게는 생활할 내가 모자랄 뿐이다.

더 많은 조국을 가진

더 많은 내가 필요하다.

다른 조국이, 다른 모국어가 어딘가 존재할 것이다.

나는 더 많이, 더 오래 살아야 한다.

이젠 나의 비겁을 사랑하자.

애인아,

이 많은 조국에서 自他一時 成佛道하자.

피그말리온

내가 시작되어야 할 곳과 당신이 시작된 곳은, 나의 좁고 어두운 방의 모든 사물들이 그리워 소리 내며 세월의 숨기둥 되듯, 끝내 끝끝내 절멸의 시간까지 버티다가 겹쳐지겠지만, 그 겹침이 주름 되어 번져 나가 나는 내가 숨 쉬던 이 방과 함께 소리 내며 무너지겠지만, 그것은 이제 내게도 당신에게도 마음에 속한 일이 아니라서 마음 바깥 한 뙈기 사랑의 영토에 놓인 누대 간 밟고 으깨진 돌이나 춤추는 모래에 불과하겠지만, 그래 기껏 초록이야 계절의 말 거스른 잡초뿐이겠지만, 우린 어쩌면 그 속을 흐르는 물처럼 빛처럼 물과 빛으로 다시 피어나는 살과 말처럼— 지금 여기 당신이 처음 누웠던 자리에서, 당신이 처음 푸르러지던 창가 꽃대궁의 자리에서, 기억이 만든 그곳에서 마음을 거슬러 피어오르는 당신의 숨, 그 숨의 불꽃이 여전히 살아 무너져 가는 방 안에 남아 있을지도 눈 감을 때마다 나의 방이 내던 소리의 주인이었는지도, 당신은 여전히 숨 쉬고 나는 여전히 난폭하게 문 두드리고— 그래 그 소리를 따라 그리움이 광기가 될 때까지 절룩이며 걸으면 쓰면 내가 시작한 곳과 당신이 사라져 간 곳에 닿을지도 당신이 내게 보여 주려 했던, 끝내 완성하지 못한 거울 앞에서 확인할지도 그 돌이킬 수 없는 겹침을.

청춘

거역할 수 없는, 기억하기 싫어 위장하는 어떤 사랑의 영토가 있었다. 그곳에선 투명하지 않은 말과 마음 없는 살이 아무런 결여도 없이 미숙한 듯 순진한 듯 뒤섞였다. 그것은 비극적 이미지들로 스스로를 위장한 채, 위장한 감옥에 스스로를 구금한 채 한없이 느리게 그 안을 거닐며 없는 마음의 장례와 주름들을 기다릴 뿐. 그래 그건 한때는 기억보다 쉬웠던 일. 우연히 꺼내 든 낡은 책의 면지에서 본 어떤 시절들. 시간 바깥에 있는 목소리들이 낡은 기계처럼 웅성거리고, 그렇게 뒤늦게 찾아온 기억이 미처 인지하지 못한 폭력의 형상일 때, 나는 이 마음이 소진될 때까지 무지(無知)하게 쓰고 쓸 뿐. 그것이 내가 찾아 헤맨 광기가 아닐지라도. 모두가 각자의 방식으로 기억하고, 고통을 사 먹고, 제 마음의 집 무너뜨리고, 마음이 없는 말과 살처럼 손쉽게 폭력적으로 정의를 말하잖아. 그저 실패의 사치를 누리던 순한 짐승에 불과했지. 그것만으로도 사랑이라고 할 수 있다면, 계절이 변할 때마다 어떤 것들은 고이 고요히 죽을 수밖에 없듯, 그것마저 사랑이라고 부른다면 그저 아름답게 타락할 희망과 욕망을 분간하지 못했을 뿐. 그런데 너의 눈동자에서 내가 보았던 빛의 파문은 결국 들끓는 구더기였을까. 그건 결국 내가 믿었던 말의 기적, 기억의 위장. 그럼에도 나는 또 다시 너를 만나 이 모든 이야기를 해 주고 싶어 그 낡은 책을 따라 그곳으로 가서 끝끝내 살아 낼 말을 찾겠지만. 그 주문들을, 이 주름들을, 빛과 구더기들── 끝끝내 내 몸에 없던 너의 비명과 살의 말들을.

사랑

늘 사이에 겹겹이 쌓여 있는 것들
어제의 몸,
어제의 체액,
어제의 환영이 흘러 오늘의 악취—
바꿀 수 있는 것과
포기해야 하는 것들 사이에,
평범한 행복과
평범하고 무책임한 야만 사이에 쌓여 있는 것들
타락한 기억과 침묵으로 포섭되어
그 어떤 물음조차 용납지 않는 기억의 독재 속으로 사
라질 것들,
들리지 않는 속죄의 음성들,
입 없는 진리들,
혀 없는 고백들,
세속의 주술과 사랑의 주술이 만든 또 다른 지옥
너와 나 사이에 남겨진
어제, 우리가 남긴 몸이 쌓아 놓은 물과 악취—
그럼에도 생활로 두터워지는 서로의 배를 쓰다듬으며
유리처럼 흔들리며,

유리처럼 배처럼

온 힘으로 부드러워지다가,

온 힘으로 소리치며 서로를 껴안다가 증오하다가,

종국엔 기억이 영영 곡해해 놓은

오늘의 지옥이 되는

어제의 것들 우린

그저 부드러운 유리 배 속에 영영 갇히길 꿈꿀 뿐

우리들의 가족

해가 지면 민낯의 작디작은 지옥들,

지옥 같은 가족들이 서로의 살을 발라먹으며 자라나고
부푼 살덩이 되고

이 나이 먹도록 말 못할 고민들이, 참회하지 못한 죄들
이 있어요,

서로의 허물을 뒤집어쓰고서

텔레비전이 꺼질 때까지만 우리 사랑하자, 가족(家族) 하자,

서로의 연한 귀를 정수리까지 끌어올리고서

서로의 고백이 담긴 모든 귀들이 썩어 사라질 때까지만

너의 정치와

너의 욕망과

우리의 춤과 모두와 함께 되도록 순결하게

사랑하자, 가족 하자.

말 못하는 딸과 아들과 우리 안의 부재들(不在)과 연애와

뜨겁게 나뒹구는 발끝들을

세계의 모든 가족들처럼, 피붙이들처럼

이물들처럼, 말 못할 것들처럼

애초에 없었듯 이제는 입에 담지 말자

여기에 너와 똑같은 아이들이 죽어 있었어
귀향할 귀가 없는 고백들이

불가촉천민

모든 고백이 유령이 되고
모든 고백이 내 목을 조르다 사라지는 곳,
웅얼거림으로만 가득한 세계여,
나는 이 모든 악을 사랑할 수 있을까; 늙은 정치인들을,
기업가들을, 나의 무능을.
사랑할 수 있을까,
사랑을, 사랑이라는 짐승을, 사랑의 패퇴를.
그렇게
강 바깥으로 걸어 나온 강은 어디로 흘러갈까.
강에 살던 것들은, 강을 파먹던 것들은
어디로 사라졌을까.
온종일 그네를 밀어 주는 아이 없는 엄마들은, 눈 먼 개
와 산책 나온 노인들은, 외발자전거를 타는 아이들은, 비
둘기와 십자가들은, 지금 여기로 와야 할 사람들은 어디로
사라졌을까.
사라져 버린 팔을 휘두르며,
사라져 버린 우리를 만지고 할퀴고 사라진
당신을 때리다 보면, 쓰다듬다 보면
왜 이곳에는 죄인이 없을까.

왜 우리는 모조리 죄인인 것 같을까.
지난 다짐의 여죄(餘罪)들은
누가 감당할까.

물의 가족

물의 몸을 감싸 안고 있던 긴 팔들이
물 바깥으로 기어 올라올 때, 그제야
우리는 서로의 목을 쥐고 있던 손을 놓았던 것일까.
그렇다면 지금 내 손은 누구의 목을 향해 기어가고 있
는 것일까.
늙은 잡부들의 쉴 새 없는 엉덩이처럼
힘없이 늘어진 해는 지고
또 지기만 하고
우리는 패배와 실패를 구분하지 못하고.
이 목에도,
이 손에도
애시당초 계급이 없었다면 빈곤이 없었다면
우리는 서로에게 더 솔직할 수 있었을까.
그리하여 하얀 물이 제 몸을 짓찢어 붉을 수밖에 없을 때,
우리는 그것을 무어라 불러야 할까.
십일월,ꞌ 얼음벽이
우리의 손가락을, 입 맞추던 우리의 혀를 죄다 끊어 가
버린다고 해도
그 긴 팔이 우리를 한데 껴안고

물의 음낭 속으로 회향(回向)할 때까지

우리는 역사일 수 있을까,

밤이 되어도

조국의 별은 빛나지 않고

조국의 물은 흐르지 않지만

잠든 가족의 눈동자 속에 흐르는 비열한 생활의 전해질들,

그것들에 실려 온 무감의 피륙들을 뒤집어쓰고 선

제 스스로 기어 나와

모든 잠든 가족의 목을 조르는.

바벨

여보, 나는 망설이고 있소. 어젯밤 꿈에 우리의 방이 피를 흘리고 있었소. 우리의 텅 빈 방이 고통 없이 출렁이고 있었소. 우리의 피부 아래에서 일어나는 일들처럼, 생활은 순순히 흘러가지 않소. 우리의 지난 연애들은 내 늑간으로 들어와 깨진 화석이 되었소. 이제 내 기억 속에서는 그 어떤 살과 피의 온도도 떠오르지 않소. 도마 위에서 물고기들이 제 스스로 검고 끈적한 알들을 쏟고 있소. 나는 망설이고 있고, 나는 숨 쉴 수가 없고, 물고기도 없고, 이 물고기는 물 밖에서도 죽지 않소. 배를 가르고, 내장을 뿌리고, 알을 쏟아 내고 나면 이 방이 꽉 찰까, 이 방이 뜨거워질까를 생각하오. 꿈속에서 우리의 방은 지붕이 없고 벽이 없고, 우리는 썩은 물고기처럼 누워 서로의 냄새 때문에 잠을 이룰 수 없었소. 우리는 아직 살아 있고, 우리는 팔다리가 없소. 여보, 살아남기 위하여 더 가난해지려는 사람들처럼 엄마를 아빠를, 어떻게 연기해야 할지 모르는 아이들처럼 갑시다, 그곳으로. 기억이 허물어진 곳으로. 우리의 아이들에게 우리의 살과 피를 받쳐 들게 하고서.

3부

구월의 규칙

　잠든 딸의 손가락을 매만지는 동안 여름이 끝났다. 여름이 끝나는 동안 몇 사람이나 살아남고 몇 사람이 죽어 나갔나. 이 둥근 세계 속에서 이 둥근 세계의 색깔 바깥으로— 순진한 역사와 함께, 그 시간의 웅덩이에 얼굴을 파묻고 지난 시절의 표정을 지우며. 나는, 어린 시절 책에서 본 누이와 상간한 아이처럼, 부끄러움도 없는 순진무구한 지옥에 흘러들어 구월이다. 구월의 꽃잎 사이로 시간은 덧없이 떨어져 썩고, 신(神)은 쓸모없어진다. 공포는 더 아름답게 반짝거린다. 반짝거리며 투명해진다. 사람들은 그 아름답고 투명한 공포 속으로 달려간다. 잠든 딸의 손가락 끝에 지느러미를 달아 볼까. 내 부끄러움은 이렇게 자라났구나. 면피와 은일 사이에서, 산문과 시 사이에서 주저앉아 구월의 규칙들을 되뇐다. 돌아오지 않는 몸들. 두꺼워지는 바다. 멀어지는 하늘. 바다와 하늘, 그 어느 사이에 누워서 잠든 딸의 손가락을 매만지는 구월이다. 딸은 자라나고, 내 부끄러움도 자라날 것이다. 그리고 어느 날엔가는 구월도 끝날 것이다.

胡蝶獄

부끄러움도 없이 우는 사람들을 지나
우리가 남긴 국가의 찌꺼기를 지나
한눈에 보이는,
그러나 영영 닿지 못하는 날개 사이의 거리를 가로질러
독단적인 평화와 평화의 내러티브를 지나
말 없는 이들만 덩그러니 남은
말 많은 이들의 무덤 위를
나란히 신발을 벗어 둔 병자처럼
지나
지나고 지나서
나비는 이 싸구려 낭만주의와 함께
밥 먹듯 신(神)을 바꾸던 나의 할머니와 함께
오시던가,
이윽고
딸과 함께 방 안에 나란히 앉아 방을 만들고 그 안에
또 다른 방을 만드는
저녁나절이면
최소한의 뼈로 버티고 있는 저 무수한 방들을 버리고
방 앞에 놓인 신발들마저 버리고

맨발로

이젠 아무런 종교도, 카타르시스도 없이

걷다가 미쳐 버린 이처럼—

얼굴이 사라질 때까지 울고 있는 사람들 사이를

수천 개의 얼굴을 한 침묵 사이의 감옥을

빠져나가는

나비처럼

無調
── 쉰베르크에게

우리 이 음악만을 품에 안고 도망갈까
기다릴 몸도 기다리다 찢겨질 몸도 없이 무너져 가는
침대 위에서 우리 힘껏 부둥켜안으면
우리의 몸으로 찾아오던 비극들도
기어이 등 돌리겠지
기억도 없이
처음 만나 기억을 쌓듯이
기억이 오독되기 시작하던 시절처럼
오독과 믿음이 괴물이 되어 숨어 다니던 시절처럼
구름의 총체성과
당신이 좋아하던 갓 쪄 낸 감자의 단일성이 일렁이던 시
절처럼
하지만
나는 아직 당신에게 보여 줄 것이 많이 남아 있는데
우리는 늘 같은 마음으로 죽을 수 없고 사랑할 수 없고
살 수 없어
이 둥근 세계는 아주 조금 무너졌을 뿐
그 미세한 소리가 음악이라면
그것은 무조(無調)와 우연의 화성

이제는 가사마저 잊어버려

허밍하면

그 감자의 속살

당신의 냄새

영영 늙어 죽지 않을 것들

가정의 행복

어제의 고통과
어제의 수난에도,
우리는 서로가 쌓아 놓은 마음의 시체들을 바라보며
어리석게 닮겠지.
마음의 폭정들.
우린 공동체와 집단을 구분할 수 있을까,
죄의 바깥에서 쓰인 것과,
죄로 쓰인 것들을. 그 사이에
서 있는데도 불구하고 아무것도 응답할 수 없는
이 쓰기들을.
이제 우리에게 남겨진 피안이 있을까.
그러므로 감기에 걸려 온종일 안겨 있는 딸과,
그 신열과 뒤섞이는 작은 방에서,
딸의 이마 위로 쏟아지는 햇빛과
방 바깥으로 흘러넘치는 기침 소리와
함께 뒤섞이는 하루의 끝에서,
나는 이 쓰기의 방의 바깥에, 버려진 역사처럼 일렁이는
어제들을 기억해 낼 수 있을까.
그런 순간들마다,

어제는 투명하게 무지해지고
고통과 수난은 삿된 에티카를 만들어 내겠지, 영영
다른 기억만을 갈망하는 우리처럼,
가정처럼.
딸의 이마에 얹혀 있는 슬픈 손과,
이 무능하고 비겁한 쓰기의 손처럼—

십일월

우리는 차가운 성분으로 만들어진 탓에,
아마도 신이 그러했듯,
이 차가운 형상과 불꽃을
살처럼 연한 말들로 덮은 채
나뭇잎이 피에 젖어 무겁게 떨어지길 기다린다.
그리고 우리는 말하여 호흡할 테다.
호흡으로 살찔 테다.
불편한 잠, 늙어 가는 바람, 반복되는 노동, 늘 확고했던
선언들과 아노미.
우리는 우리와 똑같은 얼굴을 한 시듦이
목 잘리기 전에, 운다.
울면 우리의 말이 단단한 물이 되어 난반사.
이는 우리의 말과 살이 아득해지리라는 기미,
우리가 곧 사라지리라는——

파산된 노래

모든 폭력적 평등들도

치욕의 자유들도

이미 죽은 조상들조차도 더 오래 살고 싶어 하고

그만큼 지옥은 쓸쓸해집니다 오래된 악몽 속에서처럼

늙지 않는 아비들이 반도(半島)를 제 성기인 양 매만질 때

공기 속 푸른 물빛들처럼

보이지 않는 역사들에게

모국어의 형상이 허락되지 않을 때

당신의 피 속에는

얼마나 많은 가족들이

얼마나 많은 죄인들이 흘러 다니고 있습니까

당신이 생일 선물로 내게 보낸 물고기는

내가 밤새도록 궁굴리는 단어와 단어 들 사이를 부유하고

당신의 물고기에게는

조국도 국적도 필요 없고

한 이불 속 살과 살의 고요하고 불안한 체온조차 느껴

지지 않습니다

당신의 물고기는 아름다워야만 하고

나의 모국어는 성스러워야만 하고

이 시는 버려져야 하고

기억들은 감옥으로 들어가야 합니다

오늘 밤 나는 버려진 시들과 간음하면서

시든 어둠과 매춘하면서 늙습니다

이것이 나의 서정이고 신파이고 패퇴입니다

이제 아무런 아름다움도 느끼지 못하는 아이들에게

파산된 노래를 가르쳐 줄 때

늙지 마라, 늙지 마라,

당신의 물고기들이

나의 작은 물속에 싸지른 똥을 건질 때

생활을 위해 똥이 될 밥을 먹을 때

밥을 꿈꿀 때

당신의 물고기들은

꽃처럼 혁명처럼 불안하게 아름답습니다 불우하게

오늘도 나는 단 하나의 역사를 살아 버렸습니다

당신의 피 속에 신음하는

이렇게나 많은 말 못하는 입들과

차가운 광장에 내몰려져 있는 기억들의

각기 다른 모국어와 함께

불구의 반도에 생매장된 채로

불가촉천민

나의 울음과, 그들의 울음은 왜 다를까
나와, 나의 녹색 가족들아,
재앙의 무게에 비해 우리의 날개는 너무 작고 연약하구나
날갯짓할수록 자목련처럼 붉게 곤두박질치는 일
각자의 방마다 누워 있는 각자의 절벽 아래로
저 아래로——
그 밑에서 얼마만큼 울어야지 우리는 날아오를 수 있을
까, 떠오를 수 있을까
부재를 잡아먹고 부재의 불안을 잡아먹어도
절벽은 무럭무럭 자라나고
마지막으로 절벽에서 뛰어내린 사람은 우리 중 누구일까
그들은
얼마나 많은 이들이 떨어져 내렸는지 알고 있을까
그렇게 묻는 사이,
그리고 곧
방바닥이 우리의 머리 위로 쏟아지고
누구도 떠오르지 못하고

가정의 행복

또 한 사람이 죽었다. 낡은 막국숫집 천장에는 거미 없
는 거미줄. 우리에게 주어진 것들을 헤아려 본다. 헤아리고
본다, 평범을 강요하던, 아직은 평범을 살아 내고 있는 가
족들을, 평범의 폭식과 폭력들을. 텅 빈 배 속과 마음이 당
위로 추동당할 때, 거미가 사라진 곳을 헤아려 본다. 막국
수를 먹는 나의 적당한 가족을 본다. 하지만 이게 전부이던
가. 여보, 우리 다른 곳에서 다른 방식으로 멸망할 수는 없
을까, 우리에게 할당된 슬픔은, 불행과 동참의 몫은 채워지
는 허기의 넓이뿐이었나. 허기를 채우는, 썩은 양수 속으로
방생되는 시대의 사체들처럼 뒤엉킨, 거미 없는 거미의 집.

겹

우리는
모든 끔찍한 일들이 한 사람만의 탓인 것처럼
우리가 보아야만 했던
그 모든 비극과 단순과 비참들이. 그리고
일상을 나누던 이 방에서
우리가 사랑하는 이유도 싸우는 이유조차도
죽이고 싶도록
죽고 싶도록
한 사람만의 탓인 것처럼,
그렇게.
그렇게
우리는 말보다 빠르게 단죄하며 개종하며
입을 다물고선
살기 위해 조응하며
살기 위해 악마가 되어 가는 우리라는 겹의 구조.
용서와 망각을 강요하는 국가라는 장소와
현실의 책들이 겹쳐지듯
우리는 애초에 불행의 겹으로 태어났는지도.
홀딱 벗은 채로야만 터지는

성스러운 사랑의 괴성과 공포스러운 세속의 괴성,
그리고
방 안 가득 부풀어 오르던 정직한 살과
살에 가까운 살들이 기어이 만나는 불행의 체위.
우리가 나누었던 말과,
말이 아니었던,
말의 그물을 물고기처럼 빠져나가던 말의 잔해*들이
겹의 구조로 뒤섞이는 밤,
영혼이 살을 만나 춤을 추듯
겹으로 누워
우리 중 누군가 그 한 사람이 될 때까지,
자유롭고 비참한 악마가 될 때까지.

* 존 버거, 「정복되지 않은 절망」.

불가촉천민

각자가 지키고 있는 각자만의 거룩한 유지(有旨)들
그 순수들,
세상의 순수들,
순수란 이름의 절대들, 그리고
그 순수의 악마성이 키우는
진중한 개들, 개새끼들
모든 약속은 깨졌고 이미 환상은 바닥났는데
망각의 나무들 사이사이
'우리'라는 환상들, 환상을 향한 믿음들
언제쯤 끝이 날까, 이미 끝나 있던 것은 아닐까,
어린 시절 「동물의 왕국」에서 보았던 것 같던
죽은 새끼를 입에 물고 있어 말할 수 없는, 울 수 없는
어떤 사건들;
우리가 우리로부터 버린 말들, 버려야 했던 말들, 버려야
할 말들
마치 천사들의 이름 같구나,
외워지지 않는 혁명사의 연도와 목 잘린 이들
우리라는 악령, 악령의 수난사들
이해하고 싶은 만큼의 선과 악들로 구별된

각자의 거룩한 진실들

여전히 나를 길들이는 여죄들이

곧 닥쳐올 우리의 패배를 향하고——

당신은 기어이 당신의 말을 살아 낼 수 없습니다

당신은 말의 불가능함들 가운데 있습니다 거룩한 재앙

이 번져 나갑니다

참람하게 적나라한 구원이

귀향, 아방가르드

구름이 바람을
온몸으로
기억해 내듯,
내가 너희들의 집을 기억할 수 있을까?
그 집까지 온전히 걸어갈 수 있을까?
걸어가다 보면
나의 환상은 늙어 버리고,
나의 눈은 썩은 물이 들끓는 웅덩이,
그나마 나의 시는 잡부들의 깨진 손톱으로 비유할 수
있을까?
하지만 너희가 없는 너희들의 집은?
기어이 내가 너희들의 집 앞에 닿는다면,
닿아, 가부좌 틀고 앉아
이 가정법의 세계 속 모순과 욕망을 추방한다면,
나의 주먹은 이목구비 없는 얼굴처럼 그 어떤 감정도 없이
때릴 테다, 찢을 테다.
무엇을?
너희들의 집으로 향하는 모든 길을,
구름을,

바다를,

더욱 더 부드러워지도록,

더욱 더 투명해지도록.

그리고선

구름 속에서 바람의 뼈를 빼어 들어

잠들어 있는 동료의 감은 눈을,

연설 중인 선생의 입을,

괴사한 사슴의 옆구리를 파헤치듯

쑤실 테다, 도려낼 테다,

이 비련한 아방가르드들을,

이데올로기의 항문뿐인 이 시대의 전위들을;

그것은 너무 많이 말해진 것이고, 아예 말해지지 않은 것이고

그것은 공포 없는 악령일 뿐이고.

너희들의 집에 닿을 수 있을까,

나의 시는,

나의 온몸을 온전히 눕힐 수 있을까,

너희 중 그 누구도 도착하지 못한 그 집의 기억으로,

기억되길 거부하는 비극 속으로.

불가촉천민

　문방구 창문 앞에 발 없이 서서 물고기로 변해 가는 제
몸을 비춰 보는 아이들과
　그 뒤편에 눈동자도 없이 날개도 없이 서 있는 얼굴들과
　얼굴 대신 벼랑을 달고 거니는 사람들과
　벼랑을 내려다보며 꾸는 악몽과 현실과
　느리지만 깊고 깔끔하게 옆구리들을 가르고 있는 수치
와 망각의 폭력들
　날개와 추락과 추락들과
　마천루와 떠오르지 않는 신발들 가방들
　오래된 지옥이 강제하는 가족의 행복, 비루한 유전(遺傳)
　그와 상관없던
　가난이 허락하는 자유로움만이 내 쓰기의 구원이었습니다
　하지만 사랑,
　하지만 희망,
　이제 막 걷기 시작한 딸아이가 나의 말을 따라 발음할 때
　말의 세포들이 아이의 눈동자에서 선연히 박혀 분열할 때
　말이 축복이었고 어리석게도
　시의 영욕이 나를 구원할 거라 믿었을 때처럼 가난처럼
　고통 없는 말들이 남아 있을까, 살아남을 수 있을까

우리의 말들이

벼랑으로 둘러싸인 광장에 갇힌

이 드넓은 지옥에서

말이, 우리가, 우리라 불리는

이 남루한 성소가

우리들의 무기

언젠가 나도 나를 죽인 이 무기를 높이 쳐들고서 내가 죽인 이들의 무덤을 파헤치겠지. 국가의 안위와 가정의 행복과 섣부른 선택지들, 인생이란 게 이 말고 또 무엇이 있을까. 나는 나의 죄악을 믿고 지난 대통령은 하나님을 믿었다지. 세상의 모든 난폭한 사랑들이, 세상에서 가장 오래된 기억들이 그들의 책과 통치를 통해 알려 주고 있네. 아무도 사랑하지 않으니 아무도 죽지 않고 아무도 슬퍼하지 않게 되고, 국가의 건강에 필요한 게 이 말고 또 무엇이 있단 말인가. 어머니도 없이 아이들은 태어나고, 없는 아비의 살을 발라먹으며 자라나고, 유훈을 따라 거룩한 계보가 되고 평화와 사랑이 되고. 오늘밤 나와 몸을 섞을 이 녹슨 산 주검들, 의미 없는 숫자와 활자들의 목록, 사방에서 번쩍이는 울음소리, 청량한 달빛에 환히 빛나며 터지는 울음소리들, 무릎으로라도 무릎으로라도 목덜미로 기어 올라와 알을 까는.

당신이 나를 죽인 이 무기를 내가 죽인 이들을 향해 휘두를 때,
사랑이 사산한 짐승들은 어디에서 날뛰고 있습니까,

어느 시간 속에서 울고 있습니까,

귀신 들린 나무에 목매달려 웃고 있는, 사람 없는 미래들이 속삭이는.

우리들의 공동체

한 무리의 사람들이 있다. 한 무리의 국가들이 있다. 각자의 국가들이 꾸는 꿈이 있다. 사람의 꿈이 있다. 그 누구도 꿈을 실천하지 않는다면 술 취한 시인들의 침대는 더욱 깊어질까. 그 침대 속에서 낯모를 이와 뒹굴며 사람의 조건을 견디고 있는 저 말들이 각자의 무리들을 지탱할 수 있을까. 그러니 우리는 우리의 이름과 그것이 품고 있는 간사한 꿈들을 끝끝내 견디기 위해 늑간 속에서 서로의 이름과 성(性)과 눈물, 신음을 영영 묻어 두자. 옆에 누운 이의 차가운 손을 잡아끌고 이불을 머리끝까지 끌어올리면 그곳이 현장이다. 괴물이 되어 가는 배 속이여, 뱃가죽의 시니피앙들이여, 변명은 비명처럼 비명은 귀족처럼. 이불 속에서 눈을 뜨면 깃발 너머로 차가운 해가 냉기를 뿜어내고, 모든 꿈들은 너와 나의 둥근 몸을 타고 녹아 흘러내린다. 우아하게 소멸하는 국가의 배 속에 고여 썩어 가는 물들. 그 물속으로 우리의 꿈이 눈먼 아이들을 밀어 넣는다.

우리가 물을 마신 자리마다 초록 반점들, 죄의 자리들, 말(言)의 죽은 살점과 책의 붉은 녹들과 불타오르는 건물의 가느다란 뼈들, 방구석 한때 서로를 죽이고 싶었던 헤어진 애인의 머리칼처럼 뒤엉킨 뼈들, 뼈들.

그리고 다시 이불을 끝까지 끌어올리면 뒤엉킨 네 발 대신 흐르는 물들.

그 물로 찍어 쓰이는 깃발들,

그 고통 없는 거짓말들.

우리들의 유리

　무력으로 만든 기억이 거리에 내걸린다. 우리는 건강하고 우리는 행복하다. 나는 이 땅에서 가족을 이루었다. 창문은 차가울까 뜨거울까. 창문에서 어떤 물고기를 길어 올릴까. 창문에서 물고기 한 마리 건져 올려 굽는 저녁. 거리에는 반 동강 난 호랑이들이 어슬렁거린다는 소문이다. 오늘 밤 가족 중 누군가는 돌아오지 못할 것 같다. 창문 속에 누워 있는 물고기에게는 바다가 없다. 그 옆에 누워 있는 아이들에게는? 나는 이 땅에서 그저 가족을 이루었을 뿐이다. 조국은 거리에만 있다. 창문 밖은 검을까 흴까, 우리가 낳은 자식은 한민족일까. 공포는 창문 밖에서만 출렁일 뿐이다. 나는 이 땅에서 선생이 되었고, 시인이 되었고, (나는 죽어서도 읽히고 싶었던 것일까.) 가족을 만들었다. 기억을 만들려는 공포들이 창문을 두텁게 한다. 창문 속에서 숨을 쉴 수 있을까. 안녕하십니까, 여기서부터가 지옥입니다. 창문 밖에 있는 가족은 누구의 기억일까. 창문 속 죽은 물고기는 어떻게 해야 할까, 이 유리창은, 돌아오지 못하는 아이들은.

딸꾹이는 삶

일상을 대본으로 만든다면, 얼마나 우스울까. 희극과 비극이 딸꾹질처럼 멎지 않고, 물 한 컵 들이켜고, 이불 머리 끝까지 뒤집어쓰고선 이제 내게 닥쳐올 불행들의 목록을 생각해 보다가도, 다시 벌떡 일어나고. 하긴 유행 지난 철학서처럼 사는 삶을, 읽지 못해 무릎께만큼 쌓인 잡지들처럼 결국에 버려질 삶을 굳이 옮겨 적을 필요야 하다가도, 하물며 시쯤이야 하다가도, 아빠, 바람 불어, 머리가 자라는 것 같아—가을, 베란다 창문을 활짝 열어 놓고서 그 앞에 앉아 있는 둥근 등의, 둥근 머리의, 가느다란 머리카락의 소리를 아, 나는 평생 벗을 수가 없겠구나, 이 몸뚱이에 붙은 작디작은 몸뚱이의 소리를, 말에 접붙은 아직 문법 없는 말 아닌 소리를, 하다가도, 이건 내 몫이 아닌 것도 같고, 때론 다른 이의 삶만 같아서—

비겁하게 거룩하구나, 우리들의 잘 길들여진 분노와 행복처럼, 간만(干滿)처럼, 강박처럼. 그러니 삶, 저녁이면 딸꾹딸꾹, 세탁기 돌고, 보일러 돌고, 밥통 울고, 살고 잘 뿐.

부서져 열리는 마음들의 밤

전소영(문학평론가)

밤이 옵니다

밤이 옵니다. 세상이 본래 자리로 돌아갈 채비를 합니다. 하루가 흩뿌려 두었던 빛을 천천히 거둬 가면 소음도 고요 속에서 몸을 낮춥니다. 웅크린 어깨의 사람들은 어둠에 정박하는 그림자처럼 저마다의 집으로 스며듭니다. 그러니 괜찮아요. 낮 동안 수척해져 흐려진 마음을 꺼내어 닦아도 좋습니다. 가둬 두었던 표정을 내어놓고 감정의 수문도 열어 볼까 합니다. 뒤척이던 진실을 깨워 피 돌게 하는 밤이, 오고 있습니다.

대체로 시가 낮보다는 밤의 소유로 여겨지는 이유가 여기에 있을 것입니다. 빛에 드러나는 사실이 아니라 어둠 속에서 보이기 시작하는 진실과 가까워지려는 것, 그것이 시 쓰는 이의 마음이지 않을까 짚어 봅니다. 실은 김안 시인의 시집 『아무는 밤』을 그렇게 읽었습니다. 암흑에서 눈이 더 밝아지는 사람이 쓴 밤의 시. 모두가 치유를 바라는 밤에 홀로 치유되지 않기를 바라며, 날 선 금속성의 시어들로 자기 자신부터 겨누는 시인의 시. 왜 그렇게 해야만 했을까. 문득 묻고 싶어져 시인이 걸어온 길 쪽으로 눈을 돌립니다.

단 한 편의 시만을 쓰는 시인들이 있습니다. 그렇게 하고자 해서가 아니라 그렇게밖에 쓸 수 없어서. 그런 이의 시집은 그가 지극하게 단 하나에 대해 말해 왔음을 보여 주는 증거이자 그 과정에서 한없이 흔들리고 부딪히고 슬퍼했던 자취들이기도 합니다. 김안 시인의 시집이 그러합니다. 시인은 세계가 휘청이던 2000년대의 한복판에서 시인이 되었고, 몰락이라는 말이 일상이 된 2010년대까지 가열하게 시를 써냈습니다. 그 노정을 굳이 한 문장으로 줄이자면, '사람의 조건'에 대한 진심 어린 탐구라고 할 수 있을 것입니다.

이 오래 이어진 사력을 다한 탐구가 고맙게 여겨지는 까닭은, 시인이 시로써 참담한 시대와 맞부딪는 고단한 일을 자처해 주었기 때문입니다. 권력은 인간 보호의 의무를 버렸고 목숨에는 값이 매겨졌으며 인간이 인간에 대한 한 줌의 관심을 잃어버린 시대. 생명이 방기된 날들. 수많은 사건과 사건에서 말미암은 고통과 고통에 무감해지려는 일상. 이 시공간을 살아오며 시인은 안전한 낭만이 아니라 투박하고 거친 현실로 서정을 빚으면서 '사람'이 무엇을 잃었는가, 잃었으나 잊고 있는가를 물어 왔습니다. 하여 김안의 시집은 매번 "내 방과 당신의 방 사이"(「버려진 말의 입」, 『오빠생각』)를 오가는 이의 방황과 "우리는 여전히 사람입니까."(「우리의 물이 가까스로 투명에 가까워졌을 때」, 『미제레레』)라는 절규 위에 누벼졌습니다.

그리고 그 탐구의 다음 장에서 우리는 『아무는 밤』을 만납니다. 이번에는 다른 누구도 아닌 자신의 사소하고 내밀한 생활에서 시작하여 "인간이란 단어와 사람이란 단어의 간극"(「우리들의 서정」)에 대해, 인간의 허울만을 뒤집어쓴 명목상의 인간이 아니라 정말 인간이라 불릴 수 있는 자격을 갖춘 사람이 되는 법에 대해 날카롭게 묻습니다. 이것은 여전히 답을 구하지 못한 채 배회하는 시인의 자책과 분노와 슬픔의 소산입니다. 하지만 괜찮아요. 진정되지 않는 영혼에 더 기꺼이 품을 내어 주는 밤이 옵니다. 밤으로 시를 엽니다.

마음 조각들의 지층

어떤 순간을 영원처럼 느낀다면 지극한 기쁨이나 아픔을 느끼고 있기 때문일 것입니다. 그런 이유로 밤의 문턱에

멈춰 선 사람이 있습니다. 이어질 내일을 위해 모두가 마음을 풀어놓는 오늘의 뒤안길에서, 그의 마음만은 풀릴 길을 찾지 못해 묶이고 또 묶입니다.

마음에 생활이 넘쳐흐를 때면, 딸은
더 많은 말을 배운다.
말이 넘쳐 말이 넘쳐
나란히 베란다에 앉아 있으면 해가 지고
내 문장은 점점 눈 어두워져
헤매고 전위 따위야 혁명 따위야
말만큼 생활이 넘쳐도
생활이 내 아랫입술 밑에서 짜고 차갑게 찰랑거려도
이 물로는 내 죄가 씻기지 않는구나
마음의 올가미를 던져
억지로 끌어모은 이 상앗빛 면발로
저녁이 달그락달그락 흐르고
귀가 남아 있으니 듣고 마음이 남아 있으니 손잡은 채
딸의 말들로 짠 그림자로
이 조잘거리는 저녁 속으로 가정이 안온히 가라앉을 때
나는 여전히 그곳으로 가고 있다고 생각했는데
눈먼 내 문장들은 제 집도 없이 천지 사방
헤매고 속죄 따위야, 치욕 따위야
그저 내 말들을 방생시킬 뿐

──「방생되는 저녁」

잠든 아내와 딸을 바라본다. 이전에는 생각할 수 없었던 것들이 떠오르는, 두려움을 바라본다. 낡은 책을 펼쳐놓고 피정과 방관을 구분하기 위하여 애쓴다. 모든 당대는 그 구분 따위를 무의미하게 만든다. 시선 속으로 들어오는, 우리의 이름을 부르는 모든 비극과 비참의 각도는, 좁은 방 안에서 잠든 아내의 굽은 등보다 예리하다. 하지만 이 극적인 굽은 등보다도 굽은 등의 흐느낌보다도 침묵은 쉽다. 평화와 증오로 가득한 현실과 생활의 두께. 손에 밴 낡은 책의 냄새. 펼치는 책장 속마다 기어 나오는 회색 벌레들. 응답 없이 의미는 만들어지지 않는다. 하지만 비참을 피해 비굴하게 넘쳐흐르는 말들, 그 잔해들, 잉여의 몸들아, 기어이 죽어서도 몸을 벗지 못하는 것들아, 이 모든 것이 민주적이었다는 비극에도 불구하고 우리의 희망은 여전히 고전적일 뿐. 우리는 일상의 바깥에서 밀어들로만 응답할 뿐. 밤이 두터워지면 방은 더욱 좁아질 테고, 우리는 영영 한 몸이 될 수 없고.

──「가정의 행복」(21쪽)

황혼과 밤의 시간을 담은 두 시입니다. 이어 읽는 것이 좋겠습니다. 저무는 해를 딸과 함께 배웅하는 평화, 잠든 가족을 가만히 바라볼 수 있는 밤의 행복. 하지만 '나'는 그 평화와 행복을 온전히 누리지 못합니다. 가장으로서의 여장을 푸는 밤의 진입로에서, 망각에 저당 잡혀 두었던 많은 생각을 돌려받은 까닭입니다. 돌려받은 생각이라면 다음의 시행들에 응축되어 있습니다. "마음에 생활이 넘쳐흐를 때면", "내 문장은 점점 눈 어두워져/ 헤매고 전위 따위야 혁명 따위야/ 말만큼 생활이 넘쳐도/ 생활이 내 아랫입술 밑에서 짜고 차갑게 찰랑거려도/ 이 물로는 내 죄가 씻기지 않는구나."

물질적 풍요 외에 다른 가치들을 녹슬게 하는 소비자본주의가 위세를 떨친 후, 생계를 위해 노동에 몰두해야 하는 것이 인간의 생활이 되었습니다. 그러나 모두가 오로지 생존만을 위해 평준화된 노동에 사로잡히면서 사람은 노동 외에, 사람을 사람답게 하는 여러 능력을 상실해 가고 있습니다.

'나'는 가장의 여장을 벗는 저녁, 그 딜레마에 대해 성찰합니다. "더 많은 말을 배"우는 딸을 위해서라도 더 철저히 생활인이 되어야만 하는 자신의 몫을 생각합니다. 또 한편 일상에 붙들릴수록 맹시(盲視)가 된다는 사실을 생각합니다. 가령 "좁은 방 안에서 잠든 아내의 굽은 등" 만큼 "우리의 이름을 부르는 모든 비극과 비참"이 예리하다는 것을 간과하거나 자기 삶의 누추함에 관해서만 주장할 뿐 주변의 통증에 관해서는 침묵하는 것입니다.

그래서 이렇게도 말합니다. "비겁하게 거룩하구나, 우리들의 잘 길들여진 분노와 행복처럼, 간만(干滿)처럼, 강박처럼. 그러니 삶, 저녁이면 딸꾹딸꾹, 세탁기 돌고, 보일러 돌고, 밥통 울고 살고 잘 뿐."(「딸꾹이는 삶」) 처음에야 정말로 여력이 없어 문제를 보지 못하다가도 후엔 무엇이고 보려 들지 않을 것입니다. 그러다 분노나 행복 같은, 삶을 이롭게 움직이게 하는 감정조차 생활에 "길들여"지면, 그제야 생활의 무자비한 관성 안에서 감각이 마비되었음을 알아차립니다. '인간이 자진해서 동물로 퇴화해 간다'(한나 아렌트)고 해도 될 것입니다.

그리하여 한때 전위와 혁명을 담았던 자신의 문장이 어느새 "비참을 피해 비굴하게 넘쳐흐르는 말들, 그 잔해들"이 되었음을 발견했을 때 당위와 현실, 양쪽의 인력에 붙들린 마음은 부서져 산산조각이 납니다. 시집 전반에 점점이 박힌, 병렬된 모순의 단어들이 그 부서진 마음의 파편들처럼도 보입니다. "평화와 증오로 가득"(「가정의 행복」), "비겁하게 거룩"(「딸꾹이는 삶」), "생활로 인한 비겁과 생활로 인한 궁휼 사이에서 머뭇"(「秋崖飛瀑」).

이렇게 적고 보니 첫 시의 첫머리, "잠든 아내와 딸을 바라본다. 이전에는 생각할 수 없었던 것들이 떠오르는, 두려움을 바라본다." 이 두 시행 사이의 행간이 새삼 아득하게 느껴집니다. 소중한 가족의 잠든 모습을 바라보며 안온함을 느끼기는커녕, 현실과 희망 사이에서 끝내 마음이 부서질 때 차오르는 괴로움의 파고가 끝없이 거세어지는 여백입니다.

끝나지 않는 고해의 흑야

'나'는 말했습니다. "생활이 내 아랫입술 밑에서 짜고 차
갑게 찰랑거려도/ 이 물로는 내 죄가 씻기지 않는"다고, 생
활에 잠식될수록 죄 씻을 길이 없어진다고. 맹시가 되었기
때문이라 하였습니다. 그럼 눈 어두워진 그가 보지 못했거
나 보려고 하지 않은 존재는 누구인가. 다음의 시들이 단
서를 줍니다. 시집의 많은 '나'는 아버지이며 자라나는 딸
을 사랑으로 바라보고 있습니다.

  잠든 딸의 손가락을 매만지는 동안 여름이 끝났다. 여름이
끝나는 동안 몇 사람이나 살아남고 몇 사람이 죽어 나갔나.
이 둥근 세계 속에서 이 둥근 세계의 색깔 바깥으로 — 순진
한 역사와 함께, 그 시간의 웅덩이에 얼굴을 파묻고 지난 시절
의 표정을 지우며. 나는, 어린 시절 책에서 본 누이와 상간한
아이처럼, 부끄러움도 없는 순진무구한 지옥에 흘러들어 구월
이다. 구월의 꽃잎 사이로 시간은 덧없어 떨어져 썩고, 신(神)
은 쓸모없어진다. 공포는 더 아름답게 반짝거린다. 반짝거리
며 투명해진다. 사람들은 그 아름답고 투명한 공포 속으로 달
려간다. 잠든 딸의 손가락 끝에 지느러미를 달아 볼까. 내 부
끄러움은 이렇게 자라났구나. 면피와 은일 사이에서, 산문과
시 사이에서 주저앉아 구월의 규칙들을 되뇐다. 돌아오지 않
는 몸들. 두꺼워지는 바다. 멀어지는 하늘. 바다와 하늘, 그 어

느 사이에 누워서 잠든 딸의 손가락을 매만지는 구월이다. 딸은 자라나고, 내 부끄러움도 자라날 것이다. 그리고 어느 날엔가는 구월도 끝날 것이다.

—「구월의 규칙」

어떤 아름다움은 다른 참혹함을 전제 삼아 건재할 수 있는 것입니다. "잠든 딸의 손가락을 매만지는" 평온한 세계에 머물러 있는 동안, '나'는 몇 사람이 살았는지 죽었는지 알지 못하는 채 또 하나의 계절을 보냈습니다. 그 사람 중에는 '나'의 딸과 같은 어린아이들도 있었을 것입니다. 때문에 '나'는 건강하게 잘 자라는 딸의 모습에서 행복을 얻는 한편 건강하게 자라지 못한 아이들을 잊었다는 죄책감을 느낍니다.

"온몸으로 물을 껴안고 쓸쓸한 천국을 바라보고 있는 아이들(「불가촉천민」, 26쪽)"과 "문방구 창문 앞에 발 없이 서서 물고기로 변해 가는 제 몸을 비춰 보는 아이들"(「불가촉천민」, 90쪽), 혹은 "너와 똑같은 아이들이 죽어"(「우리들의 가족」) 있는 것이 보이고 "오래전에 죽은 아이들이 뛰노는 소리"(「미타찰」)가 들리는 듯도 합니다. 딸처럼 온기를 지니고 오랫동안 지상에서 빛나야 했을 생명들입니다.

우아하게 소멸하는 국가의 배 속에 고여 썩어 가는 물들.
그 물속으로 우리의 꿈이 눈먼 아이들을 밀어 넣는다.

──「우리들의 공동체」에서

안녕하십니까, 여기서부터가 지옥입니다. 창문 밖에 있는 가족은 누구의 기억일까. 창문 속 죽은 물고기는 어떻게 해야 할까, 이 유리창은, 돌아오지 못하는 아이들은.

──「우리들의 유리」에서

시집 안에서 주로 물의 이미지와 인접해 있는 아이들의 모습은 지나온 절망의 세월을 떠올리게 하기에 덜함이 없어 보입니다. 수다한 참사들과 참사로 삶을 빼앗긴 무고한 생명들. 그에 관한 기억은, 국가와 권력이 생명을 지키는 테두리의 역할을 소홀히 할 때, "정치라는 것이 모든 사람을 위한 연민과 정의의 직물을 짜는 것이라는 점을 잊어버릴 때, 우리 가운데 가장 취약한 이들이 맨 먼저 고통을"* 받는다는 사실을 우리에게 잔인하게 각인시켰습니다.

그럼에도 사람들이 "조금 더 생활로"(「가정의 행복」, 52쪽) 기울어져 "시간의 웅덩이에 얼굴을 파묻고" 타인의 고통과 슬픔을 빨리 잊으려 하면서 "부끄러움도 없"을 때, 공공의 삶은 기어이 파괴됩니다. 이것은 이렇게도 달리 적혔습니다. "아무도 사랑하지 않으니 아무도 죽지 않고 아무도 슬

---

* 파커 J. 파머, 김찬호 옮김, 『비통한 자들을 위한 정치학』(글항아리, 2018), 5쪽.

퍼하지 않게 되고, 국가의 건강에 필요한 게 이 말고 또 무엇이 있단 말인가."(「우리들의 무기」)

모두가 자기 이외의 존재들을 사랑하지 않으면 누군가 죽어도 그 사실이 알려질 리 없습니다. 그러니 아무도 죽지 않을 것이고 종내 타인을 위해 슬퍼하는 능력 자체도 사라질 것입니다. 허나 내가 타인을 잊을 때, 나 역시 잊히는 것입니다. 유대와 돌봄이 사라진 사회, 함께 목소리 낼 누군가를 찾을 수 없는 사회는 결국 그릇된 권력을 살찌게 할 뿐입니다.

그리하여 '나'는 "비참과 비겁", "면피와 안일이" 만연한 세계가 신도 쓸모없어지는 "순진무구한 지옥"이라고 단언하기에 이릅니다. 다만 이 세계를 지옥이라 부르는 서슬 퍼런 시의 말들이 따갑되 따뜻하게 들리는 이유는, 이것이 선언이 아니라 고백이기 때문입니다. 자기의 삶부터 돌아보고 자기의 부끄러움을 먼저 내보일 수 있는 사람. 내가 잊은 사람들의 삶이 지옥이라면 내 삶도 감히 천국이 될 수 없다고 여기는 사람. 바로 그가 신이 아니라 사람을 향해, 나의 행복 뒤에 가려진 보이지 않는 불행을 향해 보내는 사죄입니다. 끝나지 않을 흑야의 고해성사입니다.

파산된 마음의 연루를 위하여

　그렇다고 이 시집이 사방이 막힌 고해소에서 비밀스럽게
오가는 고백의 시들로만 채워져 있는 것은 아닙니다. 시집
의 많은 시들이 '우리'라는 복수의 주체를 가정하여 시 안
팎의 청자를 끌어들이고 있기 때문입니다.

　　우리는 정직하게 말해도 되겠지만,
　　종국엔 비겁하게 말을 고르겠지.
　　누군가는 시체를 숭배하며
　　시체뿐인 기억을 기념하고 기록하고
　　누군가는 기억 속에서
　　스스로를 지워 나가며 투쟁하듯,
　　누군가는 증언 앞에서 포악하게 침묵하고,
　　또 누군가는
　　겸손해지듯,
　　　　　　　　　　　　—「파산된 노래」(35쪽)에서

　'파산될 노래'가 아니라 '파산된 노래'라 합니다. 파산될
지 안 될지 두고 봐야 하는 것이 아니라, 이미 파산된 노
래. 그것을 '나'가 구태여 부르고 있는 것입니다. 이 시집에
는 이처럼 '파산된 노래'라는 제목을 지닌 시들이 여러 편
있는데, 여기에서 파산이란 역시 '우리'의 문제와 관련이 있

어 보입니다.

여러 시의 화자들이 강력하게 말합니다. '우리'는 실패했다고. '우리'가 자신의 안위를 위해서라면 생명이 아니라 시체를 숭배하며 증언보다는 침묵을 택했기 때문입니다, 그렇게 만들어진 '우리'를 이렇게도 정의합니다. "살기 위해 악마가 되어 가는 우리라는 겹의 구조".(「겹」) 적어도 이 '우리'는 사람의 연대가 아닐 것입니다. 생존을 위해 형성되는 동물의 무리를 집단이라 한다면, 자신의 안녕만을 바라는 사람들이 설사 '우리'를 만든다 한들 그것은 사람다운 공동체라 하기 어렵기 때문입니다. 어쩌면 이제 "우린 공동체와 집단을 구분할 수"(「가정의 행복」, 76쪽) 없게 되었을지 모릅니다. 그러니 모순적입니다. '우리'가 파산했는데 '우리'를 청자 삼아 노래를 부른다니요.

이 모순에는, '나' 혹은 시인이 '우리'를 영영 포기한 것이 아니라는 사실이 담보되어 있습니다. 또 다른 시에 '우리'는 "우리라 불리는 이 남루한 성소"(「불가촉천민」, 90쪽)라 적혔습니다. 성소(聖召)란 성스러운 목적의 도구가 될 수 있는 것을 의미합니다. 그것이 잠시 남루해졌다고 해서 그 가능성마저 소멸하는 것은 아닙니다. 그렇다고 할 때 시집에서 거듭거듭 '우리'를 호명하는 '나'의 노래에는, 사람다운 사람들만이 만들 수 있는 성소로서의 '우리'에 대한 바람과 그것이 파산된 현실에 대한 비통함이 동시에 접혀 넣어졌다고도 할 수 있겠습니다. 그리하여 시인은 파산된 '우리'

를 질타하는 시 속에, 성소로서의 '우리'를 가능하게 하는 희미한 희망을 남겨 두었습니다. 다음 시가 그것을 비밀스럽게 건네줍니다.

무력으로 만든 기억이 거리에 내걸린다. 우리는 건강하고 우리는 행복하다. 나는 이 땅에서 가족을 이루었다. 창문은 차가울까 뜨거울까. 창문에서 어떤 물고기를 길어 올릴까. 창문에서 물고기 한 마리 건져 올려 굽는 저녁. 거리에는 반 동강 난 호랑이들이 어슬렁거린다는 소문이다. 오늘 밤 가족 중 누군가는 돌아오지 못할 것 같다. 창문 속에 누워있는 물고기에게는 바다가 없다. 그 옆에 누워 있는 아이들에게는? 나는 이 땅에서 그저 가족을 이루었을 뿐이다. 조국은 거리에만 있다. 창문 밖은 검을까 흴까, 우리가 낳은 자식은 한민족일까. 공포는 창문 밖에서만 출렁일 뿐이다. 나는 이 땅에서 선생이 되었고, 시인이 되었고, (나는 죽어서도 읽히고 싶었던 것일까) 가족을 만들었다. 기억을 만들려는 공포들이 창문을 두텁게 한다. 창문 속에서 숨을 쉴 수 있을까. 안녕하십니까, 여기서부터가 지옥입니다. 창문 밖에 있는 가족은 누구의 기억일까. 창문 속 죽은 물고기는 어떻게 해야 할까, 이 유리창은, 돌아오지 못하는 아이들은.

　　　　　　　　　　　　　　　　　　　—「우리들의 유리」

'나'는 "이 땅에서 가족을" 이룬 생활인입니다. 선생님이

자 시인이며 스스로 건강하고 행복하다 여기고 있습니다. 하지만 그런 그의 곁엔 창문이 있습니다. 실재한다기보다 그가 그렇게 느끼는 것입니다. 그 창문의 외부에는 아무래도 또 다른 사람들이 있는 것 같습니다.

창문은 문입니다. 문은 내부와 외부를 격리하는 것이어서, 설령 외부에 어떤 가족이 있고 그들이 공포에 사로잡혀 있다 한들 그 일이 나에게 큰 영향을 미치지 않을 것입니다. 하지만 창문은 또한 창입니다. 겹겹이 커튼을 치고 블라인드를 내려도 바깥의 빛과 소리로부터 '나'를 완전히 격리할 수는 없을 것입니다. 이것은 성소로서의 '우리'가 지닌 가능성과 불가능성을 타진하는 차갑고 아름다운 비유입니다.

거듭 말했듯 '나'는 자신의 생활에만 닻을 내리고 건강하고 행복하게 살아갈 수 있습니다. 그런데 자꾸 창이 그려지는 것입니다. 창이라 해도 되고 마음이 영사한 스크린이라 해도 되겠습니다. 창에는 흡사 바다를 잃은 물고기처럼 국가와 공동체를 잃은 아이들이 누워 있습니다. 그들에게 눈길을 주니 창 바깥의 또 다른 사람들이 물밀듯 시선에 들어옵니다. 이 창의 여부가 바로 '우리'의 유무와 직결되는 것입니다.

시는 '우리'란 거창한 노력으로 이루어지는 숭고한 공동체가 아니라고 말합니다. '우리'를 만드는 매듭은, 나와 무관해 보이는 이들의 삶도 나와 연루되어 있다고 여기는 최

소의 상상적 실천. 이를테면 "여전히 이 따뜻하고 푸른 지구의 한쪽에선/ 가난한 아이들이 굶어 죽어 제물"(「파산된 노래」, 13쪽) 됨을 상상하고, "우리 바깥에서 우리를 바라보고 있을/ 삶이 없는 생자(生者)들"(「파산된 노래」, 35쪽)을 상상하는 일.

> 우리는 고통을 상상하기 위하여 서로의 눈(目)을 파냈던 것이 아니라, 그저 눈감기 위해서였을까, 우리는, 우리라는 말(言)은. 그러니 우리 안의 괴물을 버린들 기록된 악행이 사라질까, 우리의 괴물들은, 우리라는 말의 괴물들은 기록을 딛고 또다시 쓰이며 되살아나고, 행복과 야만의 국경을 지우며 부단히 포복하고, 썩어 부서진 늑골 안에 눌어붙어 포자처럼 번지고, 우리의 말에는 눈이 없어, 귀도 없고 마음이 없고, 우리라는 말은 서정과 실험 속에서 서로의 바벨이 되어 몰락해 가고. 그럼에도 우리가 쓰는 이 말이 움직이는 유물이 되길 우리가 바라 마지않듯, 견고해지겠지. 견고하게 우리 바깥의 고통은 더 이상 상상되지 않는 스스로에게만 비극일 뿐인 그것.
>
> ──「파산된 노래」(32쪽)에서

결국 '우리'의 무지와 무능은, "고통을 상상"하는 능력의 상실과 연관되어 있는 것입니다. 우리의 눈이 타인의 슬픔을 상상하기 위해서가 아니라 무시하기 위해 감겨서, "눈이 없어, 귀도 없고 마음이 없"는 "우리 안의 괴물"이 태어난 것입니다. '나'는 그래서 닿지도 않을 노래를 쉼 없이 불렀는지도 모릅니다. 선량한 '우리'를 만들어야 한다고 맥락 없는 윤리를 강요하기 위해서가 아니라 이 무지와 무능, 반성과 속죄 없는 집단의 모습 안에서 우리가 우리 자신을 발견하기를 바라며. 또 그래서 '나'는 망가진 '우리'의 한가운데 자기를 두고 가장 날카로운 말들로 자신의 마음에 먼저 상처를 낸 것이 아니었을까 생각해 봅니다.

아물지 못하는 밤

> 우리를 만든 것은
> 불행과 슬픔이고
> 빛과 소음을 떠나 무능한 밤이고
> 무능하여 속죄가 불가능했던 밤이고
> 때문에 집은 달아나고 심장만 너덜너덜 자라나는 밤이고
> 그러기에 이 밤은
> 우리가 아물기도 전에
> 빛으로 소음으로 끝날 테지만
>
> ──「파산된 노래」(17쪽)에서

이쯤에서 시집의 제목에 관해 이야기를 해야겠습니다. 이름이 '아무는 밤'인데 들여다보면 결코 아물 수 없는 밤

의 노래들이 들리는 시집입니다. '우리'를 "무능하여 속죄가 불가능했던 밤", "차갑고 희뿌연 유리창에 갇힌 채 비루한 겹을 베끼는 밤"에 초대하기 위해 부서지고 부서지는 사람의 노래. 이렇게 말해도 될 것입니다. 실은 모든 시들이 조각난 마음의 퇴적물로 만들어졌다고. 한 편 한 편 편하게 건너기 어려웠던 이유를 이제야 알겠습니다.

밤이 가네요. 한 줌의 빛이 낮에 숨겨야 할 것들의 목록을 알려 줍니다. 먼동은 별을 숨기고 적막도 소리 뒤편으로 물러나는 중입니다. 사람들은 품 안에서 낮의 표정과 감정을 주섬주섬 꺼내며 각자의 일터에 도착할 것입니다. 이렇게 우리는 생활인이 되고 생활 안에서 건강과 행복을 가장할지도 모릅니다.

하지만 괜찮아요. 닫아건 가슴 안쪽에서 어젯밤 미처 아물지 못한 깨진 마음들이 조금씩 파열음을 내도 됩니다. 다시금 해가 질 테니까. 해가 지면 어둠 속에서 눈 밝아지는 시인의 시들이, 아무리 애써도 아물지 못하는 우리를 기다리고 있을 것입니다. 부서진 마음이야말로 부서진 사람들을 향해 열릴 수 있는 마음이라고, 자신의 마음 조각들을 보여 주며 고백할 것입니다. 그러니 괜찮아요. 또 밤이 옵니다.

지은이　　김안

1977년 서울에서 태어났다. 인하대학교 한국어문학과를 졸업하고 동 대학원 박사과정을 수료했다. 2004년 《현대시》로 등단했다. 시집으로 『오빠생각』, 『미제레레』가 있다. 제5회 김구용시문학상, 제19회 현대시작품상을 수상했다.

아무는 밤

1판 1쇄 찍음 2019년 8월 12일
1판 1쇄 펴냄 2019년 8월 19일

지은이 김안
발행인 박근섭, 박상준
펴낸곳 (주)민음사

출판등록 1966. 5.19. (제16-490호)
서울특별시 강남구 도산대로1길 62(신사동)
강남출판문화센터 5층 (06027)
대표전화 02-515-2000 / 팩시밀리 02-515-2007
www.minumsa.com

ⓒ 김안, 2019. Printed in Seoul, Korea

ISBN 978-89-374-0879-3 04810
　　　 978-89-374-0802-1 (세트)

＊ 이 책은 2017년 서울문화재단 문학창작집 발간지원사업의 지원을 받아 발간되었습니다.

민음의 시

민음의 시
목록